家就是马在的地方

在杰克逊巴特大火中幸存

NM Reed

2023

目录

2015 年 9 月 9 日星期三

这不是杰克逊的乌云！

很不寻常的是，我丈夫在家待了一周。他真的不喜欢度假。那是一个星期三，我们在城里度过了一天。地平线上有烟。它看起来很近，但没那么大。

在与癌症、手术、败血症和长期康复作斗争后，他正帮助我完成三年来的第一次耐力赛。我的计划是 50 英里的骑行，但我还没准备好。所以，我们留在了黄金县。那天晚上，烟雾仍在北方地平线上。我们在网上查了一下，发现是莫凯勒米河峡谷附近的杰克逊巴特发生了火灾。那里地势真的很险峻，到处是灌木丛，对消防员是很大的挑战。

第二天早上烟雾几乎已经没有了。我们本来打算去杰克逊吃午饭和购物，但在我再次查看网络新闻后，我的发电机没油了，所以我想也许最好去加油和买些杂货以防万一，而不是在城里玩一整天。毕竟我们是务实的人。我们去了山区牧场当地的一家小店，买了一些补给品，然后直接回到了我的牧场。

当我们正在放松地吃午餐时，烟雾开始弥漫天空，灰色的灰烬像热雪一样飘落，偶尔夹杂着大片白色的雪花。天空开始变暗，太阳变红，最后天色几乎全黑，像是黑夜一样。我们待在房间里，听到吐司和鲁比惊恐的嘶鸣声。我走到外面去查看情况。土司所在的牧场上方的树木后面冒着灰色的烟雾，他正往上看。我能听到像火炉一样咆哮声，看到红色的火光和火花从树上飞过。

我们回去读了更多的书。然后我一整天都在浏览网页，但网上没有关于疏散的消息。消息称火灾仍然在耶稣玛丽亚路以北。我在它的南方。然后我们听到一辆紧急救援车经过我住的那条死胡同土路。那是一辆警车，他们通知我们需要撤离，我们问他我们还有多长时间，他说，"马上。"

我脑海里预想过如果发生这一切该怎么办，大概率我们不会被烧死。我默默列出需要带走的物品清单：营业税和收据，这样我今年就可以报税了；我的护照和保险箱；马的照片；驱动器；我大部分工作需要用到的笔记本电脑。我把它们都扔到了车里。除此之外，还需要带走两个新的丙烷罐和几个汽油罐，以防它们在火灾中爆炸；我的两个最好的鞍座，以及我一直在使用、并需要用于耐力赛的三个最好的鞍座；将与我一起参加耐力赛的两匹马。三匹公马、两匹种马和一匹阉马将被留下。他们很难被带走。人们说，当你撤离时，放马出去。但当我离开时，只能看到它们中的三匹马在互殴。此外，它们所在的牧场面积广大，并且光秃秃的，也许它们可以躲过火灾。我跑过去向每匹马都扔了六块干草。然后我丈夫也过去向每匹马喂了三块干草。我希望大水箱能足够它们维持几天。我们必须离开了。天空已经充满了爆炸声和从围场上方的树木中射出的余烬。

我开始抓起东西交给我丈夫放进车里。我把猫放在动物笼子里，放在马鞍和箱子中间。大狗麦克斯想去，他出来躺在门口的车旁，但他瘫在那里，我们无法把他扶起来。他就像没有骨头一样。所以我们不得不把他和朱丽叶狗和彼得皮猫留下。我开车去了谷仓，挂上了马拖车，然后跑回去抓那两只母马，它们现在正惊慌失措。我在谷仓里找到了巴特卡普的哥哥彼得皮。但他现在可能已经躲起来了。我意识到我需要抓起刚刚完成的木工活，因为我需要它来参加下周的艺术展，这是我的主要收入来源。我们把菲泽和鲁比装进了马拖车里，然后驶出大门。道路在邮箱处敞开，变成了人行道，不再是我的私人车道。我们可以看到火焰就在树上，就在我计划骑行的峡谷下面。虽然只是下午6点，因为浓烟的缘故，天还是很黑。我可以看到灰烬在北边几百码外的树上燃烧。紧急救援车辆封锁了通往北部的道路。我们不得不沿着平坦的土地一路开车去我家的牧场，经过山牧场、圣安德烈亚斯，然后下到山谷泉，我们找到了一条通往伊奥尼的新路。然后我知道了去普利茅斯的路，那里离我父母的农场不远。

有很多空的马拖车进入该地区;我怀疑几天后我是否还会拥有这三匹马。我们可能不得不去避难所找他们。如果这三匹公马是自由的，不知道他们会对彼此做些什么。

真是一团糟。我现在意识到我没有带走写有我所有的电脑密码的东西。

我坐在父母养牛场的拖车旁，试图把它组装起来上网。我哥哥把他的 WiFi 设备放在外面，这样我的笔记本电脑就可以联网了。但我意识到我没有带走写着我所有密码的"信号塔"。我没有我在网上做生意的无数帐户的密码书面记录。我甚至无法登录我的电子邮件服务提供商。真是个错误。我希望我有机会把它们都拿回来。否则，没有我帐户的用户名和密码，就很难再次在线进行。

第二天早上（9 月 11 日星期五）

（9-11 纽约双塔灾难周年纪念日）疏散的第一整天。

我们把这两只母马放在旧的黑色畜栏里，用来给小牛分类和打烙印。它很旧了，但我确信那是农场里最坚固的畜栏。它们会没事的。水、苜蓿，应该没问题。那天晚上，我们在一辆相当舒适的拖车里睡了一会儿，惦记着在卡拉维拉斯县我的农场那边发生了什么。我们所在的地方天空晴朗，尽管我们可以看到一点烟雾，有点像地平线上的火山，但我们认为我们最好找一下我的其他动物。

现在回想起来，我不知道为什么我认为有人会救他们。现在看来很天真。但我认为这是当时我潜意识在否认事情到底有多糟糕。我在心里一直希望一切都会平安。如果我思考当时真正发生的事情，知道现在真正发生的事情，我就会崩溃。我根本无法完成任何事情。

我们让马拖车仍然挂着，开车回去检查救援区域，看看是否有其他动物获救。两只种马、一只阉马、一只猫、两只狗、十二只鸡和六只鸭子。我们没有找到它们中的任何一只，但我确实看到了我认识的几匹朋友的马，我很高兴它们出来了。一个和我们一起进行耐力赛的大个子弗里西亚，还有他的牧场伙伴——一个大个子（嗯，弗里西亚让他看起来很小）黑白桃花马阉马。

我不认为我会找到任何我的动物，但我仍心怀希望。我计划去找公马们，因为我知道他们会对他们将要居住的任何地方造成多大的破坏。这就是为什么我要把他们关起来。

我当时想，这是一种牺牲，很确定他们可能不会活下来。但是，你可以想象，如果我放了那些蠢货，会发生什么法律诉讼。不。太多麻烦了。社区里散养的种马确实会造成一些损害。

离开吐司，真的让我很不舍。他真的是一匹很优秀的骑乘马，可以轻松胜任一百英里的骑行。真的很抱歉把他留下，我的本意并不是离开他。我当时只是带上我的金色母马一起走，因为我可以繁殖它们。种马不是那么多。然而，对于要离开我培育和抚养的"婴儿"，对我是一件很割舍不下的事情。种马意味着更多的一切：工作、食物，他们不能只是被放出来。在公共场合必须非常小心。老实说，阉马也好不到哪里去。至少他没有像他 5 岁时、我给他阉割时那样试图杀死我。

所以当我们找不到任何一匹公马时，我努力不感到失望。但是，我确实感到失望、崩溃、哭泣，真的很难过。我不得不坚强起来，假装这是我所计划好的。我没放他们出去，记得吗？这是我的选择，为了公共安全牺牲他们，而选择带走母马。我的耐力赛冠军，我的金色鲁比，她是如此可爱，她将成为一匹惊人的耐力马。

　　从这个令人失望的郊游回家的路上，我们非常疲惫。拖车在我的卡车后面，这表明我是多么充满希望。我们接到了我哥哥的电话。没有找到母马。

　　他们逃脱了。他们打破了那扇巨大的大门，跑掉了。所以现在我没有马了。

我的母马在哪里？

当我们从一整天的车程回到家时，决定花一点时间，活动活动筋骨，寻找母马。她们肯定就在附近的某个地方。这里总共有 3000 英亩的河流牧场，陡峭而崎岖。我小时候曾在这里骑马，对每一块石头和栅栏都了如指掌。我应该能找到她们。我给我妹妹打了电话，她小时候经常和我一起骑马，她对母马逃跑感到非常不安。她和我的第一匹小马砂糖在高中时逃走了，从此再也没有他的消息。他们似乎走进了那该死的河流峡谷，再也没出来过。

我的马讨厌牛。也许这是他们潜意识里从我身上学到的东西。几年前我卖的一匹母马去了一个水牛农场，她无法对付它，只能搬到一个根本没有牛的地方。

这次这两匹母马也一样。那天早上，当她们醒来，闻到了那些牛的气味，只好离开。

菲泽是一个"大水箱"。她有大约 1200 磅，是田纳西州 16 只手高的长腿步行马。她有足够的耐力让她跑完 50 英里，甚至更长的距离。她行动迅速、起速快，是一匹不可多得的好马。

但这也是为什么她能够撞倒铁路-公路连接柱上的巨大牛门。小菜一碟。她们都光着脚，地面又干又脏，所以我根本看不到他们的蹄印。

但也许那是他们在大门拐角处留下的蹄印。而且，是的，他们会走那条路来躲避奶牛。所以我走那条路，我丈夫走另一条路。在通往河边的大门处，我看到了他们向河边疾驰而下、遇到大门并向右转弯时留下的明显的滑蹄痕迹。然后他们来到另一个围栏，又折回来了。在那里我失去了他们的踪迹。我养了一只狄娃狗，她离贴纸的高度太近了，所以我回去找丈夫。我不能再失去他了。

我们进去吃午饭了。我需要冷静下来，完成一些工作。我还是要经营这个生意；养马是值得的。但我丈夫决定再去散步。他对牧场不太熟悉，他已经走过了那条路，我告诉他下一个庄园的新看门人的事，我的马可能会去那里，因为菲泽以前在那里骑过马，也认识他的马。于是他拿了一个笼头、绳子和额外的水、一小罐谷物和一些苹果，开始他的步行。

你必须了解这个牧场的情况。我爸爸差不多 50 年前买了它。这里有边界，但围栏很少遵循不动产界线。而我们周围的人也没有围栏。我们有牛，南部有一些马和几头牛。否则这里就是蜿蜒不绝的围栏边界线。我们现在所讲的是几千英亩的围栏边界，但大部分是灌木丛。去年的沙火烧毁了一些灌木丛。但大部分已经重新生长回来。简单的说，大部分界线都是贴纸。现在是九月，所以一切干燥到不能再干燥。

四个小时后，我开始担心失去丈夫。我在网上搜索了一整天，浏览了几个动物救援网站，只为了查询巴特大火的信息。我上传了我的三匹公马的照片，心想也许空着从我身边经过的救援拖车可能会到那里去。但我一直在想那道火墙，它沿着我的小道，跟着我们爬上了山。当我们离开之后，火势就蔓延到了那里。这对任何人都没有生还的可能。

黄昏时分，我丈夫出现在我家牧场露营的拖车旁。但母马没有回来。烟雾开始变大，呛得我睁不开眼睛，无法呼吸。前一天的气温是 98 度，今天感觉稍微凉快了一点，但没有多大变化。这是火灾现场以北 50 英里处。这场火灾产生的烟雾真是惊人的巨大。

他没有找到母马，但很明显，他遇到了邻居，骑着马和他们会面，传播我失踪母马的消息。我丈夫和我的狗有"见面打招呼"的习惯。

那晚我们都很累，比前一天晚上睡得更多。当时我们仍然处于被疏散的震惊之中，并对我们的无能为力感到痛心。

疏散的第三天

第二天早上 5 点醒来，我有一个了不起的主意：把拖车连同臭烘烘的马粪和我们捡到的一捆捆苜蓿一起开到我以为母马已经离开的拐角处。所以我们把卡车开到了我不该去的地方——因为有火灾危险。但我们真的很小心，不在草地上开车。我们一路驱车来到南部的大峡谷，再次与看管人见面。这真的很好，因为我知道他是谁，但以前从未见过他。我训练了一只后来成了他的"孩子"的阉马，很高兴听到他们的关系发展得很好并已经成为了最好的朋友。这名男子 20 年前从爱尔兰过来，从小开始骑马，但此后一直住在城里，再也没有机会骑马了。现在他从教堂退休了，为他们的组织照顾这个大农场，同时可以做他最喜欢的事情：骑马。我必须说，如果他能应付那愚蠢的阉马，那他就是一个天生的骑手。

我们聊了几分钟，然后出发去开车，带着叮叮当当的臭拖车四处寻找，希望能引起母马的注意。

前一天晚上，我们在回来的路上得到了一些干草捆，它们仍然在马拖车里。我决定把车停在那里一会儿，看看气味是否会吸引母马从藏身处出来。我解开了它，开车绕了很长一段路，给我丈夫看了几英里又几英里的小路，这样他就可以熟悉路况了。

那天晚上，我不得不带丈夫上火车，这样他就可以为第二天晚上的工作做好准备。

我开车送他到 AmTrac 车站，让他下车。我没有在那里陪他等火车，而是开车回到了农场和我舒适的家。当我回到家的时候，我感觉有点不舒服。一年半前，我的癌症手术并没有完全康复。如果在车里坐太久，就会抽筋。

但在回家的路上，我决定过去把我的拖车从封闭的南 160 号公路上带回来。那里没有马，谷物和干草也还在那里。因为我能闻到一英里外那辆拖车的气味，我当时在想，马肯定在更远的地方。

疏散的第四天

我又早早的醒了，因为晚上休息得很好。我在网上搜索关于火灾的消息，尽管火势仍旧向东北部和南部蔓延，但速度已经放缓。又有一些人在夜间撤离，进入了几个新的小型郊外社区。天空是一片纯棕色，其中一部分可能是云层。这场大火会伴随相应的天气变化，应该很快就开始下雨了。天气预报说今晚、周一和周一晚上有可能有小雨。

我想花点时间把这个故事写下来。但是很难。有太多紧急的事情要做。新闻和当天的目标每天都不一样。我试图喝点咖啡，但这个愚蠢的小咖啡壶拒绝把水从咖啡渣上方的小加热器管里吐出来。所以我在一个 Pyrex 酱锅里加热了一点水，然后倒在渣滓上，这样水就可以过滤到放在热盘子上的水瓶里。微波炉很好用，简直太棒了。你必须明白找已经在没有电的环境生活了 12 年了。当然，只要我启动发电机，我就有电。我必须抽水并更换水管，这样我才能把所有马的饮水槽灌满。

我们会看看是否还有剩余。

但在这里的几天里，我享受着电力、制冷设备、灯光和微波路。我想我可能太老了，不适合露营了。如果，当我获得重建贷款时，我想我将申请额外的 2 万美元贷款，用于牧场供电；就在这条街上。我已经脱离电网生活了很长一段时间，已经满足了我的一些开拓精神。我一直想这么做。一切都很好。我很坚强。这辆没有轮子的退役巴士野营车感觉像是一种奢侈品。但我去年得了癌症，头发已经灰白，我可能已经老到不能再忍受这些了。几年来，在那里完成每件事都相当困难。去年我做了全子宫切除术后，我休息了 5 天，然后我又回到了牧场上，腰直不起来，尽量不从泥泞的斜坡上掉到干草上。

但是现在坐在这里，我的腿因为开车而抽筋，我觉得我需要散散步。我打电话给哥哥，请他一起去，但他说他有农场杂活要干。于是我从冰箱里挑了一瓶最小的水，在早上 8 点，带着小狗狄娃出去散步。天空依然是棕色的。

大峡谷

当我到达通往下一处房产的摇摇晃晃的大门时，有什么东西从我身边掠过，但我没有停下来。事后看来，这有点疯狂。沿着这条路一直走到几英里远的河边，然后再沿着这条河回到我家人的住处，就更远了。有时在河中行走，比在一个灌木丛生的峡谷上走上几英里更容易。

于是我把耐力骑行的装备戴在头上，沿着大路慢跑向河边。通常每50英里我会步行15英里，让我的马休息一下，2英里后疼痛就会停止。当我到达通往峡谷的大门时，我注意到那里有很多马的足迹。它们可能不是我的马。但这在某种程度上鼓舞了我。可能这是看门人骑马的地方。他说他更喜欢骑马，而不是开四驱车。

我慢跑下那座山，小狗狄娃就在那里。她很小，有点像柯基混血儿，但她是我的耐力骑行伙伴。我们米到了前一年被沙火烧毁的地区。有些树干上有黑色的斑点。但随着我们继续往下走，前一年发生沙火留下的痕迹越来越少。有些被破坏的绿色的雪松已经生长回来了。

最后，在河边，我注意到了许多绿色和水洼。河水一点也不流动，河床上有大片干燥的区域。但在水泥坝后面有一个池塘，它阻挡并将河水分流到 EID（El Dorado 灌溉区）运河。

小狗狄娃和我一起爬上了这个水泥桥台，开始沿着河床向家庭游泳洞徒步。

　　我断断续续地在这个牧场生活了 45 年。我到处骑马，对小径上的每一块石头、每一棵树、每一个转弯都了如指掌。但我从未到过这么远的地方，那里的地形对我来说完全陌生。我曾在高山上徒步旅行，从未迷路。我总能知道我该去哪里，从哪里来。但在河流峡谷下，空气中弥漫着雾霾和烟雾，我感到迷茫。照片中的温度是 100 度，虽然看起来像，但这是烟而不是雾，空气中飘荡着一股灰烬。这里离巴特大火有 50 多英里远。这里的地质不同，是更深的黑色火成岩，经过数千年的河流冲刷和打磨，流向大海。一部分黑色光滑的岩石像地球的脊梁一样，在河流中向空中隆起。

　　它像玻璃一样光滑，马是不可能到这里来取水的。我很难站起来。我穿着攀岩凉鞋，它们是太空时代的材料，设计用于附着在水下的岩石上，但我仍然很难站起来。

所以我走得很慢，一直在想象我如果滑倒，大腿就会骨折。

我们来到了一个花岗岩区，就像我们小时候所说的"峡谷"。花岗岩被海水冲刷成深槽和深水池，底部装饰着抛光的圆形河石。这里可以困住你，让你溺水。我紧张的留意着我的小狗，以免它消失在这些洞里。有很多关于这条河的传说，潜入这条河的人都没有回来过。水可以把你冲到岩石之间，使你的生命终结在那里。

但现在，在这场干旱中，我只能靠想象汹涌的洪水淹没了这些扭曲的干燥的雕刻。

因为多年的徒步旅行和骑行，我对这里很熟悉，但河中突然出现的一个转弯彻底让我懵了。它突然转向东北方向，一条小溪从南部涌了进来。这就是我应该走的方向。但如果我要找到游泳洞，然后沿着小路回到谷仓，我就需要进入主河道走。

所以我们向左拐上主河道，越过一些雕刻得更疯狂的花岗岩巨石。有几次我不得不举起小狗狄娃，因为她的腿太短了。她擅长爬山和跑步，但这些巨石很大，若她在草地和荆棘中穿梭，可能会遇到响尾蛇，毕竟这个国家到处都是。

空气中弥漫着致命的烟雾。然后一阵风刮了过来。

我站在那里看着一百万片树叶从树枝上脱落，像在欢迎秋天的到来。然后我感觉到雨点落在我身上。我非常高兴，也许这能让火熄灭。火灾发生的前几天是有记录以来最热的几天。

我们被疏散前一天在我的农场。

在前面，河水开始转向我觉得游泳洞应该在的地方。我不停地向右扫视，希望母马可能就在河边。她们可能下到河里去喝水，吃河边生长的一簇簇绿色的河草。

天空中弥漫着黑色的烟雾，我看到大约五只秃鹫在河面上方平坦的冲积土地上盘旋。

然后我们听到了一些沙沙声，以及一声巨响。我和狄娃都停了下来，仔细的聆听。但是什么都没有。我们又走了几步。又是一声巨响。一个非常明显的撞击声，也许有一只熊或类似的东西。狄娃和我又停了下来，她把头转向右边。我抬起头，隐隐约约的看到菲泽的白脸在树林之间移动。

真是松了一口气。我找到了我的母马。或者说，狄娃找到了她们。事实上，那些秃鹰在不久前先发现了她们。我花了几分钟走出河谷，发现菲泽的鬃毛卡在了一根圆木上，几乎动弹不得。鲁比因为严重的疝气，已经快要死了。秃鹫会在她们真的死亡之前就开始吃掉她们，尤其是像这样的大型动物。她们已经虚弱的无法动弹了。你可以看到一条深深的隆起线沿着她的脊椎延伸到她凹陷的侧翼。

英雄小狗狄娃照片

筋疲力尽的母马

那天找到她们很难。但事实证明，带她们回家更难。当我接近她们时，我甚至没有想到会这么有难度。

我开始和她们聊天，这样她们就会通过我的声音知道是我。我从菲泽的眼神看到她认出了我。她的四肢和耳朵被她的鬃毛缠绕着。鲁比没有动。她低着头静静地站在那里。她的情况也很糟糕。

菲泽是一名职业选手，她已经完成了 30 次耐力赛。

她可以在缺水的环境下生存。但鲁比不行，她没有菲泽那么坚强。她瘦骨嶙峋，严重脱水。当我走近时，看到她浑身都是割伤和擦伤。菲泽的脸上也是同样的状况。

在我从农场出发时，我忽略了一件事，那就是带上任何类型的绳索。所以我只能拉出滑板裤里的带子，寄希望予魔术贴能起作用。可惜并没有用。在我回家的途中，我努力保持裤子不掉下来。

但菲泽的头相当大，滑板裤带子只勉强做成一个挂脖。那么用什么来制作牵绳呢？我身上只剩下一样东西：我的胸罩。

它的效果相当不错，弹性好。我甚至可以把胸罩绑在树上去帮助鲁比爬上一些岩石。

唯一的出路就是向上。山脊的顶部要么把我带到我的乡亲们那里，要么把我带到南部的大山腰。两者都是平坦的，当我到达山顶时，我可以弄清楚我在哪里，因为我真的不知道我们现在在哪里，只知道我们在游泳洞和 EID 运河之间的某个地方。但是，我没有想到的是，顶部有 5 股铁丝网。

起初，我以为我可以骑着菲泽上去。她可以去任何地方。但当我骑上她时，她又开始恐慌，转下坡，开始奔跑，而我趴在她巨大的背上，几乎没有缰绳。只有一根带子和我的胸罩。于是我迅速滑下，把她的头拉过来阻止她。

我们一直往上爬，我以为方向是正确的。围栏和斜坡看起来似乎是对的。但就在我们看到山顶平坦的地方，我们被铁丝网围栏拦住了。显然我们无法越过它。我望向峡谷对面，除了灰色，我什么也看不见。我找不到任何熟悉的地标，所以我无法分辨我所在的方位。

我们甚至无法沿着围栏前行。周围有太多巨石，马匹根本无法穿过。所以我们不得往山下走。

我开始带领菲泽下山，在巨石之间和树枝之下穿行。鲁比默默地跟着。然后又出现了另一个巨石阻碍物。我让菲泽沿着巨石坡和小石头之间的狭径穿行，中间有足够的立足点。我试图留在岩石上，这样如果她滑倒了，她就不会砸向我的腿，摔断骨头。她非常听话。但当我们到达底部时，鲁比走错了路，沿着巨石滑了下来。我不知道她是怎么保持直立的。 她应该尝试参加滑雪比赛。她被惊吓到了。她只是站在那里，像风中的一片叶子一样颤抖。所以我们停了下来。我拿出了手机。

我没有水了，头晕目眩，大汗淋漓。我在没有水的炎热和烟雾中徒步了三个小时。我坐下来尝试拨打电话。有信号，但我的手指不受控制。我用了几分钟才拨通电话，设法把我哥哥叫回了我头顶的牧场。我给了我哥哥不连贯的指示，然后拨通我丈夫的电话，告诉他联系电话公司通过手机上的 GPS 找到我的位置。我不知道我在哪里。我迷路了。我有两匹饥饿的马，没有水，我们被困在铁丝网和一堵坚固的花岗岩巨石墙后面。我告诉他们来找我。 我不认为我曾经承认过我迷路了，需要被拯救。我可以肯定的是，惊慌失措的用沾满汗水的手指拨打触摸屏电话是不可能的。对它大喊大叫也无济于事。

我试图访问手机的 GPS 系统，但我得到的只是下载和玩游戏的邀请。多么毫无价值的科技啊。能用这个做什么？只是好玩吗？难道没有人在荒野中迷路需要帮助吗？如果这些现代装置不能拯救你，使你免于在荒野中死去，那么它们是多么无用？

我放弃打电话这个方法了。我再也不能让它工作了，手机屏幕上满是汗水和污垢。我们在那里坐了几分钟。我太累了，都哭不出来了。

我好像听到过几次公鸡的啼叫声。我大声叫喊，声音在峡谷里疯狂地回荡。我无法听到我哥哥按喇叭的声音。

我把头埋在手里，等待头晕消退。我到底在哪？我很聪明。我应该能弄明白。好吧，我是从下游来的，但我经过我爸爸的游泳洞了吗？我是不是已经过了去那里的路了？

不！我突然想到了。如果我站在上面的围栏旁边，那么我就必须穿过游泳洞或通往游泳洞的路。所以我在游泳洞下面，在山脊下面！

这意味着我哥哥在那里找不到我了。我给他回了电话，让他等一等。我有个计划。

如果不杀了我们四个中的一个，就不可能回去。所以唯一的选择就是那道围栏。我得想办法穿过那道围栏。现在它就在我们正上方大约 200 码的地方，所以我不得不爬回去想办法。我把菲泽带到岩石上，尽量不让自己被踩到。然后我用我的胸罩把她绑在了一个石南灌木丛上。她静静地站着。

我穿过灌木丛、贴纸和巨石，爬回带刺的铁丝网。五股铁丝都连接在金属T型柱上，用线夹固定住。我可以徒手把它们掰弯，不用工具。我可能会割伤自己，但我会痊愈。

所以我推拉并踩在电线上，让夹子拉伸。我一个接一个地把带刺的铁丝夹子从T形杆上弯下来，我能把最上面的三根铁丝放低，让一匹马能跨过去。

现在滑回去把马弄回来。鲁比仍然被困在她滑下的花岗岩表面之下。所以我去那里把她带上去。她一动不动，浑身都是汗，肋骨抽搐着，眼睛里流露出绝望的神情。她放弃了。

但是我没有。

于是我转动她的头，把她拉向菲泽所在的山间狭径。鲁比不愿走开。于是，我脱下衬衫，一件从饲料店买来的昂贵的套索，带着扣子，把它套在鲁比的脖子上。然后拉。现在我就是上身裸露、裤子快要掉下来的 Pocahontas。

我离她一步远，她转过身来，又朝着错误的方向走去。她走到了自己滑倒的地方，表现得好像想爬上去似的。但那是不可能的。下来，可能。后退？不可能。

于是我又把她转过身来，试着用我的衬衫把她拖走，我现在已经不再是顶级的牧马人了。但如果没有演出前的晚宴，她不会往前迈一步。

所以我把她推向正确的方向，让她朝着菲泽的方向走。然后我迅速溜到她身后，用衬衫拍了拍她。大约 10 次后，她终于开始前进。她的协调性不好，她一直用蹄

子伸到花岗岩面上，而不是岩石之间的立足点。但经过
几次艰难的尝试，她终于站起来朝菲泽的方向走。我们
都站在那里吹了几分钟的风，然后我把汗湿的脏衬衫穿
上。

菲泽明白我们在做什么，于是我们爬上了悬崖。太
陡了，我真的走不上去。我太累了，没有力气了。因此，
我把右手的手指缠绕在她肩隆处浓密的长鬃毛上，让她
把我拖上悬崖。她当时真的救了我的命，拉着我的胳膊
把我拖上了悬崖。

我们走到放下的铁丝网前，她正好跨过铁丝网。鲁
比走到电线没有那么低的地方。当电线碰到她的小腿时，
她停了下来。我又用胸罩把菲泽栓起来，然后去帮鲁比
把腿伸过带刺的铁丝网上，而不让她自己受伤。她的状
况很不好，所以她非常温顺，让我把她的脚抬起来。

然后我们开始上山，山逐渐倾斜成一片黄色的草地，
草地上长着几棵橡树。我紧紧拉着菲泽，让她拖着我走。
我大口喘气，无法控制地尖叫。但是周围没有一个人。
或者是因为喉咙太干，我甚至没有发出声音。但我想当
时我知道我在哪里，我们正在回家的路上。

是的，我认识这些树。就在仓库和稻草仓的下方。
我爸爸家所有的地标都有自己的昵称。所以，当我们描
述 2000 英亩灌木丛荒野中围栏的位置时，我们可以知道
彼此在谈论什么。哦，是的。小路上那辆旧拖车旁边的

多节橡树和松树。好了！我非常清楚我所在的位置了。

不管怎样，我们来到稻草仓，然后我看到我哥哥开车到处找我们。我大叫一声，然后传来了一声尖叫。鲁比开始跑步和打鼾。火熊又来了，准备吃掉她！啊，这是黑安格斯牛，鲁比，他们不是熊。鉴于它们永远与火和烟联系在一起，我们称它们为"火熊"。出于某种原因，我的马不喜欢牛。我想它们闻起来一定有点像我家的熊。在我的马看来，它们可能像熊。

当我们下到谷仓时，或者应该说当菲泽把我拖到谷仓时，我放弃了我的裤子，裤子掉到了草地上。幸运的是，不知怎么的，我把我的罗珀衬衫重新穿上了。我的哥哥比我受过更高的教育，他大叫着问我是否需要一条缰绳。然后，他问我要不要裤子。棒极了！我都需要。

我们先用缰绳拴住母牛们，让她们进入马拖车。先是菲泽，然后是鲁比。然后我倒在草地上，花了几分钟调整呼吸。然后我穿上短裤。六码到大码，用鞋带绑着。这让我看起来很滑稽，比没穿的时候还滑稽。

我用软管把她们的橡皮桶灌满了水。鲁比把一捆苜蓿干草塞进鼻子里噎住了。

我决定直接带她们去避难所，如果她病情恶化，我们可以在那里打电话给兽医。但当我们到达那里时，她已经把鼻子和肺里的大部分干草咳出，不再窒息。每匹母马在几分钟内喝了大约 5 加仑的水。我签署了救援协议，并为她们安排了畜栏。

她们的感情已经如此深厚，以至于 2 英寸厚的板墙也无法将她们分开。

露天市场

我试着把她们放在不同的隔间里，鲁比开始抓狂。她试图从门边的畜栏跳出来。我们三个人合力才把她关在里面。所以我们把畜栏之间的木板拆掉一些，这样鲁比就可以看到菲泽了。这很有效。只要她们抬起头，就可以看到对方。你看，虽然菲泽不是鲁比的亲生母亲，但是菲泽看起来像。在鲁比出生时，她的妈妈埃尔维拉得了乳腺炎，在最初几周内就停止产奶了。

幸运的是，菲泽有一匹和她同龄的小母马，而且她是一匹战争母马，她有足够的牛奶喂养两匹小母马，鲁比和她同父异母的妹妹美美照顾了菲泽 5 个多月。所以菲泽和鲁比的关系非常亲密。更不用说经历了这三天的河谷迷路之旅。

我们给她们喂干草和水，但鲁比只是想看着菲泽。

所以我允许露比进入菲泽的畜栏几分钟，她终于肯吃了点干草，喝了一点水。但我需要去照顾人类--我。所以我把她放回到各自的隔间里，然后回家了。我向志愿者们明确表示，我不希望任何人把她们带出畜栏，她们太惊慌失措了，会奋力挣脱，然后逃跑。此外，她们已经经历了足够的运动了。

但第二天早上，当我试图慢慢醒来时，我接到了救援人员的电话，我的心纠紧了，以为发生了什么事。幸好没有，他们只是想带鲁比出去走走，因为走路是避免肠绞痛的最好方式，等等等等，就像我不知道这些常识一样。我试图解释不把她们分开是多么重要，这会让她的情况变的糟糕，而菲泽可能会为了阻止他们而伤到自己。我想他们是被指示去遛所有的马的；也许他们曾经因为没有遛一匹绞痛的马而被起诉或致使马死亡。但我的指示应该凌驾于他们的想法之上。

我在鲁比被带出畜栏之前赶到避难所。果不其然，当我到达那里时，鲁比抬起头，试图从墙上看向菲泽，却没有吃东西。于是我带她出去，又把她放进了菲泽的隔间，她低下头开始吃喝。

但几分钟后，一个看起来挺和善的人加入了我的行列，我们带鲁比和菲泽去散步。她们仍处于恐慌状态。鲁比的腿"塞得满满的"，这意味着由于压力而肿胀。我试图解释，这不是因为她站在畜栏里造成的，而是因为她经历了从岩石上滑下来的磨难。她真的被刮伤了，严重擦伤了。

我们把她们放回同一个畜栏里，果然它们都低下头，吃喝了大约一个小时。我坐在一堆干草上看着她们，心里感慨我居然找回了我的母马们。然而，想到我的三匹公马，我有些不安，不知道他们现在在哪里，或正在经历些什么。但是，我必须专注于我可以做的事情。而不是我完全无法控制的事情。

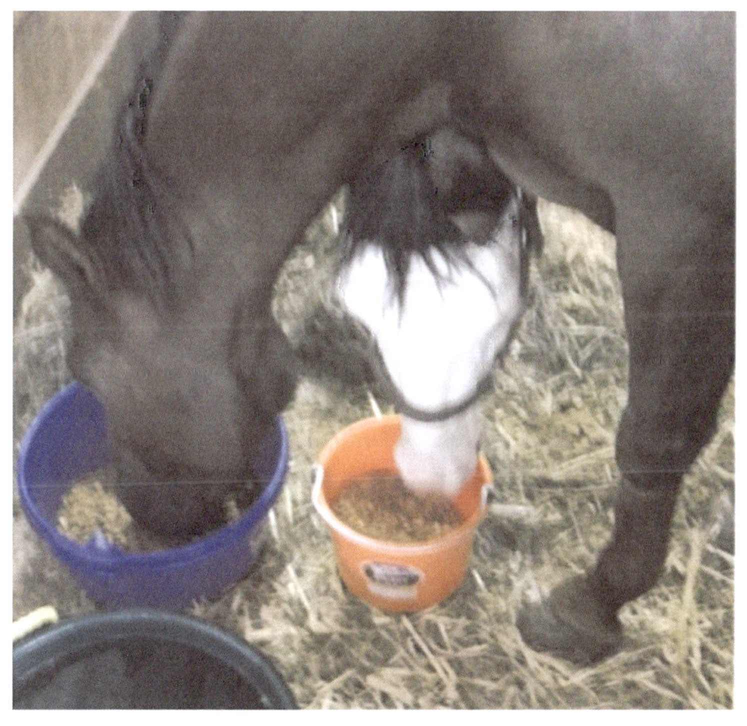

过了一会儿，她们似乎困了，闭上眼睛，小睡了一会儿。我去车上取了一管抗菌霜，在她们的每一处伤口

上涂了一点，小心地擦了擦她们腿的两侧，以可以发现的任何隐藏的挫伤。鲁比有很多擦伤，但除了左膝，没有一处伤势严重。没有割伤，但所有的毛发都没了。我明天会好好再检查一下的。她似乎对我的检查有些不安，但过了一会儿，她就习惯了。菲泽当然很好，她最严重的伤口是她白皙的脸上的一些擦伤，泛着粉红色，看起来比原来严重得多。她从几个志愿者那里得到了一些很好的照顾，因为我告诉他们菲泽关于"耐力赛"和"Tevis"的经历。经历了那场磨难之后，她看上去并没有比她所做的 50 英里中的一些更糟。她很坚强。{Tevis 指是我们几年前的 100 英里旅程。

应对火灾

我回到拖车疏散中心的家，开始在木材店做一些工作。我确实有生意要做。当我在里面的时候，天开始下雨了。哦，好大的雨。我看了一下网络新闻，没有关于巴特大火的新报道。西点军校撤离了，但这就是最新的新闻。这场雨太厉害了。

然后我注意到手机上有一个索诺拉打来的号码。我感觉到是这是个紧要的号码，所以我检查了我的信息。我的邻居刚从那边偷偷溜回来，他有我农场的消息。他说他看到马只是站在围场里。他明天能去做点什么，比如喂马吃东西或喝水吗？那里有食物和水他可以提供吗？

天啊。地球上的天使。那里有食物和水，如果发电机正常工作且没有被烧毁，水井甚至可以正常运行。房子下面有装满加仑水的水箱。还有箱子里的鸡肉。那不会被烧掉；也给马喂一点。天啊。地球上的天使。他告诉我他的房子没被烧毁。火势在土墙那里停了下来。火很奇怪。它蹦蹦跳跳，停下来，吞食，飞驰而过。就好像它有头脑，会挑选和选择。我们要到明天晚些时候才能知道具体情况。我想知道他们什么时候会让我们回去。我猜所有的电线杆都被烧毁一半了，到处都是电线。在木杆上涂满焦油怎么会是好主意？不管怎样，他都称自己是乡下人。但天哪，真是个好朋友。地球上的天使。

第六天，第二天早上

今天他们开始逮捕试图进入的人。我们处在燃烧区域的中心。那里只有一条路允许开车经过，但有几条路是可以步行或四轮车行驶。或者骑马。我的邻居打电话给我说他没成功。所以现在我走上了斗争的道路。今天早上，我给几家报纸写信，问他们为什么还不允许我们进去。谁来支付失去的动物和人的损失？我的兄弟，理智之词，说自从州长疯狂的杰里·布朗在旷工 25 年后的第二个任期内宣布该州进入紧急状态，所以正式宣布戒严。

因此，不管出于任何原因，我们都无法回到我们的合法家园。如果我们走进自己的房子，就会被逮捕。好的，真是太完美了。

我沉浸在日常生活中。昨晚我花了 5 个小时在我哥哥的木屋里做东西，准备今天送给我的两个卖场。今天早上，我花了两个小时和母马们一起参加救援，然后一整天都在开车四处跑腿。在 UPS 商店，我们看到一些女孩在谈论封路的事。然后在我离开的时候，她们问我是不是在偷偷溜进去。我说我不是，但一个朋友是。但我说很抱歉，我不能告诉她们他要怎么走，或者走哪条路，因为我真的不想问他那个问题。她们说他们有一个隐秘的方法进入她们家的后面。不幸的是，位置和我住的地方不一样。但我们谈到了戒严的情况，她们告诉了我她们所听到的关于这场大火为何如此迅速失控的消息。爆炸地点是杰克逊山丘下的莫克卢姆尼河峡谷。东湾泥从旧金山湾的东边流出了水，他们禁止他们在那个峡谷里爆炸。所以我们的 200 栋房子（后来我们发现有 500 多栋）和 71000 英亩被烧毁的土地值得在湾区吃水吗？我明白我们在这里的价值。我要打官司。好吧，他们做出了那个决定，所以他们需要赔偿损失。

一天结束后，我回去看望母马。每个人都更加友善了。也许在一个艰难的早晨之后，他们喝了一些咖啡和食物。我明白他们会有小小的权力斗争或必须掌控们的小区域。当我要求不要把我的马带出去时，这并不是一种侮辱；这是为了他们自己的安全。鲁比垂着一只耳朵。当我走进她的畜栏时，她猛冲到后面，把头埋在角落里站着。一个不骑马的人可能不知道这意味着她之前被绳绳索击中了头部。那天晚些时候，她好多了。今天早上，就连兽医都很担心，当我走上前去的时候，所有的工作人员对我都是故对状态。到了晚上，他们为自己的粗鲁道歉。这对每个人都很难。但我一大早就回去，在他们把畜栏弄脏的时候给她们们喂食和散步。这是一个很好的交易，没有人必须遛我的不守规矩的马了。人们普遍认为这是因为自己没有受过训练而导致的结果，但事实并非如此。大多数人根本无法驾驭这种脾气的马。她们是由我培育、抚养和训练的。我喜欢马带有一点野性；这能让你成为一名耐力更强的选手。她们可以自己做一些决定。那里有一个小阿拉伯人，我注意到，在菲泽最惊慌的时候，有一个好人帮我安抚菲泽。

我想我的马比我认为的更像阿拉伯人。在与他们相处时，需要特别的耐心和平衡力。受到指责的总是马。或者主人因为没有对马进行足够的训练而受到指责。或者打败他们。有些马比大多数其他马更敏感，在空中跳的更高。这让很多人感到害怕。然后他们会因为无法应付而感到尴尬。但是完全没有必要把马打到畜栏的角落里不是训练。这也很残忍。我鄙视这种"训练"。我的马擅长耐力的原因之一是它们的精神没有崩溃。我允许它们有点自由和不受约束。我们称之为耐力，即"鹰的样子"；我没有把这种自由的精神从他们身上夺走。

当我把两匹马一起牵出来时，工作人员有点震惊。然后那个好心的家伙来值班，大声叫我等着，这样他就可以牵着菲泽，我可以和鲁比一起绕着他们跑圈。

  它们实际上是非常听话的马。但这只是对于那些知道如何和他们一起相处的人而言。步行的马走得很快，如果你像让它们走的和人一样满，那完全是一场徒劳。人类总是希望马做对人类最方便的事情，并抑制马的天性。

  然后，其中一名工作人员的头就要被打掉了。他带着另一匹马从畜栏里退出来，正好撞到另一匹马的屁股上。那匹马踢了他一脚，正中靶心。我不喜欢被冷嘲热讽，但那个家伙对这点了解的不是很清楚，他也不是很有经验的训练员，即使他说他有昂贵的竞技场经验。一个花哨的竞技场并不能使训练师成为一名优秀的教练。

  但我很感谢那里为撤离者提供的救援服务。如果我把菲泽带到家以外的任何地方，她会再次逃跑。有人给我提供了一个木柱上有金属杆的围场，但我想她会满头怒气的直接冲过去。然后只会有更多的伤害，我们将只能再次进行同样的救援行动。如果再发生一次同样的事情，我认为鲁比不可能存活了。关于菲泽，虽然很困难，但我认为她至少获得了五种体验。我认为经过这次经历之后，菲泽可能是一匹耐力更强的马。不过，这可能需要一段时间。鲁比本周获得了大量经验。她从出生就从未离开过那个牧场。事实上，在疏散那天晚上之前，她和她的双胞胎妹妹只在拖车里待过一次。那是在她们四个月大的时候？我只想把它们留在那里，直到我能把它们带回家。

我在他们晚上的记录卡上填上了她们今晚的散步、食物和在畜栏的情况，并告诉工作人员我会在早上回来遛马和喂食，这样他们就可以在我遛马的时候打扫畜栏。我向她解释说，我在那里不是因为我认为她们做不到，而是因为我现在只能做这些。我不知道农场的状况。他们还不让我回家。我给动物控制中心打了好几次电话，要求对我的牧场进行福利检查。我也在名单上。但我的路是他们最后一条路。今天早上离开之前，我在Facebook 上抱怨了一通。今晚我的邮箱里有 200 条新消息。每个人都在骚动。多年没联系的人都在为我加油。我让每个人打电话给动物控制中心，问我的马是否已经过检查。我不知道他们会接到多少电话。一直让他们的电话占线是不恰当的。但这就是政治运作的方式，就像吱吱作响的车轮

第七天

　　现在是星期三，距离我们撤离已经一周了。他们仍在清理铺设在路上的电线。也许他们应该考虑不使用涂有焦油的火柴棒作为电线杆。但也许这是一种工作保障。

但我得到消息我的三匹公马仍在我的农场里。他们肯定没有食物了，红色的水可能还有一些。其他马的水槽肯定是空的。牧场上到处都是装满水的水箱。但是需要把水拿给他们。两个谷仓里都有干草，如果没被烧毁的话。除此以外，还有一个大的金属谷物罐，这是不会被烧毁的。这一切都需要有人去处理。我给动物控制中心打了好几次电话。他们说我在待处理的名单上。

　　想到我的三匹公马饥饿的站在那里，食物离他们只有几英寸远。这真让人痛苦。我希望他们出去农场了。吐司几周前就出来了。他可能会再次把篱笆弄倒，去吃草，找到水和谷物。我希望他不要因为吃谷物而绞痛。他可能是匹贪吃的马。

　　红色不会跨国那道界线。他从不逃跑。

　　为了他好，我希望他逃跑，能找到房子下面的水果和 6 个塑料桶里的水。我的邻居似乎不认为那里烧得那么厉害。他的房子没有被烧毁。但是我们之间的谷仓、我们的新邻居家，确实被烧毁了。我不知道金属谷仓是怎么燃烧的，但他就是这么说的。

州长宣布我们县进入紧急状态，这意味着戒严。但规则是，他们实际上不能让你离开你的财产。一旦你离开，他们就会阻止你回去。从事后看来，我认为我的家人可能是对的。如果我丈夫不在那里，我会留下来和它战斗。现在看来是明智的，即使有不必要的母马逃跑和营救，还有所有这些担心。我丈夫感谢我救了他的命，这可能就是我当时同意撤离的原因。但这只是马后炮罢了。

但外面天气很好。几乎已经没有任何烟雾，云层正在散开。星期一晚上我在商店工作时下雨了。我向外看去，看到了黑暗的天空和潮湿的地面。第二天早上，草地是湿的。与上周大火开始肆虐四天时相比，气温下降了 40 度。据网上报道，大火几乎没有扩大。他们现在正在积极阻止火势的传播。当地的商店可能还没有被烧毁。最初的报告是它不见了，因为它完全在被烧毁的区域内。但目击者说，山间牧场镇的情况不错。

几分钟后我就要出发去跟母马们待一会儿，然后我回来在店里工作。我需要洗发水。我妈妈一直在给我东西，让我可以在这辆豪华房车里住的舒服一些。这真的有点宠坏我了。我怀疑我自己是否有能力办到。住在里面，用那栋奇怪的小房子做我的工作室。前提是如果它还没被烧毁的话。否则我需要找个地方住。

浑身臭烘烘的，我想今天有人要出去了。我有朋友打电话来找我，他们是救援队的成员。现在我觉得，把它们留在那里，扔食物和水也不错。鸡和鸭子应该没问题。山上的储水箱是金属的，里面有水。它有一个小漏洞，被铸铁锅堵住了。

我希望它仍在发挥作用。我的乡巴佬灌溉系统。

关于第七天的更多信息

吃了两捆干草后，鲁比看起来高兴多了。我之前告诉过工作人员，她们每天需要吃大约六捆干草，但只是他们翻了翻白眼。第二天早上，他们指着畜栏说，看，他们没有把干草都吃光。是的，那是因为我昨晚离开的时候给了她们八捆干草。每匹马昨晚都吃了五捆。争论结束了。反正都是捐赠的，所以我给了她们我想给的东西：一份由 4 种干草和几种谷物组成的自助餐。

没人想到会提供盐块。所以我开车去了当地的五金店，买了两块看起来像红石的盐块，放进了她们的粮食桶里。不，不，不。这是个好主意，我把它传给了在线救援小组。

第七天早上，我先去集市看护母马。我试着去遛她们，但她们却跑来跑去。我把她们带到一起，工作人员一开始是在批判，然后他们惊奇的发现我的方法居然很有效。这些人认为他们是马的专家，但实际上他们知道的并不像他们想象的那么多。他们可能觉得他们是英雄。但批判他们试图帮助的人有点侮辱性。任何参加过这些临床医生课程的人都认为他们知道所有的解决方案。所以他们会用绳索打马的脸，这样马就会听话的站在角落里了。有五个不同的工作人员都让我这么做。因为他们就是这么做的。我等不及把我的马带出去了，但我需要他们的帮助，所以我什么也没说。希望这次经历能锻炼我的马匹。她们很坚强。但她们只想去跑步，就像在家里的大围场一样。

一个小时后，我决定去吃早餐。当我走近餐馆时，我的胃猛地一跳，油腻的早餐似乎不太适合我。所以我决定继续开车，看看我能开到离家多近的地方。我已经努力 7 天不去想我是否能回家。但我觉得现在是时候努力回家了。

州际公路是开放的，但我没有冒险走我曾经回家的那条小小的单行道。我一路开着车，24 英里看起来像是一百万英里。这是大火后我第一次回到这个地区。我驱车穿过烧毁的区域，然后越过火场边界，那里原本应该是正常的绿色。火势并没有我预想的蔓延那么快。绕了一圈，从顶部来到我的地产区域。

　　但是过不去。这条路在离我家 4 英里的地方被多辆共和党人巡视车辆堵住了。有一些和我一样等着的乡民。我下了车，和几个邻居聊了几句，交换了几张卡片，然后走到路障前。一个带着相机和黄色背心的女孩站在那里，我问了她一个问题。她说她是当地报纸的记者。她问了几个问题，我回答了，我猜她的摄像师从侧面拍下了我们。直到几个朋友发短信告诉我我上了新闻，我才意识到这一点。嗯，如果我早知道的话，我会穿得更好！衬衫不错，但裤子是我爸爸的旧衣服，而且很宽松。不完全是街头人士，但天哪！哦，好吧，乞丐不能挑肥拣瘦。我很高兴把这个故事讲出来。人们简直无法想象。他们在外围感到无助。这里有大量的关心和担忧。但他们很难寄支票。太遥远了。但更多的人蜂拥而至来帮忙可能会让情况变得更难。现在已经有成堆的马粮和毯子等。为这些组织提供一些运营费用可能是最好的选择。这样等下一次紧急情况发生时，一切就可以有序进行了。

　　为流离失所者提供食物将是件好事。我告诉几个窥视者打电话给教堂和消防部门，在道路封闭的情况下，为这些在街上徘徊的人带来热腾腾的饭菜和毯子。星期四晚上，我们在疏散时开车经过一个走在圣安德烈亚斯的街道上的女孩。我们停下来把猫笼从我的汽车后面的一堆东西的底部拉出来，这样巴特卡普就能看到并停止尖叫。那个女孩用一根绳子牵着被灰烬覆盖的小狗，她浑身都是牛脂，赤脚穿着短裤。在我丈夫和她搭话时，她只是说，"我的房子被烧毁了。全没有了。"

第八天

我睡了一个好觉后起床，做了几件事准备去避难所照顾母马。我把小狗狄娃留在家里。她累坏了，几乎不能走路。当我到达露天市场时，我牵着两只母马绕了一圈，一些消防队员用手机摄像头拍下了我们。加州森林及消防处餐饮中心就在我们羊棚里的摊位旁边。他们在游乐场布置了数百辆汽车和数英里长的消防水带。

我告诉那里的女孩们，我很想从后门徒步来到我的牧场。我觉得我的马应该很安全，只是站在那里饿得要死。我能感觉到这一点。很可能从星期天起红色就没有水了。所以我给动物控制中心打了很多次电话，他们一直向我保证我们就在等待名单上。那里的姑娘们明确地告诉我不要徒步过去。如果他们认为我真的要这么做，他们甚至有责任举报我。但我根本就没有办法过去。在河边牧场救了两匹母马后，我感到很英勇。但即便如此，我还是差点死了。他们提醒我，那里没有被烧毁。火灾发生后，在很长一段时间内，被烧毁一半的树木会毫无预警地倒在地上。这是非常危险。这并没有让我感觉好一点，因为我的三匹马就在那里。那天早些时候，我和父亲商量过借给我一把枪以防万一。我的步枪在屋里。但如果它也烧了呢？我到那儿后会看到什么？马很大，很难被火杀死。

这就是我所担忧的：他们可能会在火灾中死去之前

遭受可怕的痛苦。他们需要摆脱这种痛苦。

我给母马们喂食、喂水，清洗她们的畜栏。不让那些温顺的老马与我的火爆脾气的母马们待在一起更好。每次我一进门，她们就想冲出去。你怎么能责怪她们，她们从来没有被关在畜栏过！我给菲泽带来了一些赛马专用燕麦、苹果和胡萝卜，然后坐进车里，不知道我要做什么。我现在筋疲力尽了，感觉有点不舒服，所以我决定回到我父母的农场休息一下。

我去了杂货店，但没有什么好吃的。我试着用纸杯蛋糕或蛋糕来诱惑自己，但我不吃糖。我买了一些研磨的无咖啡因咖啡，还有一个用来装我前一天买回家的那瓶葡萄酒的瓶塞螺丝。没有食欲表示极度疲惫。

我还没有意识到，我的决定被妥协了。但我已经瘦了 10 磅。我并不推荐"我的马在哪里，我的牧场被烧毁了"的节食方式。

在回家的大部分路上，我决定我需要一些糖。

所以我在奥库姆山商店停了下来，买了一些糖霜和黄色蛋糕混合物。我知道这很奇怪。我回到我的房车度假屋，尽管现在是中午，我穿上我的睡衣，我用刚刚煮好的热无咖啡因咖啡搅拌了一点蛋糕混合物，用勺子蘸了蘸巧克力糖霜。我知道这很奇怪。但这很好。我太累了，甚至连上网或打电话都不行。所以我就坐下来，开始看我前一天晚上从网上下载的电影。

然后我的手机响了。天哪！又发生什么了？

电话是我的一个新山火朋友打来的，他告诉我打电话给斯托克顿派出所卫生防护中心，看看道路是否开放。我昨天打了那个号码，把它写在一个黄色的小笔记本上。找到了。

所以我打了电话，然后被分流到另一个号码。你猜怎么着，我得到了一个录音，然后被分流到另一个新号码。当我终于得到人工服务时，她很惊讶最开始的电话号码不起作用，她让我不要挂，她要去试一下电话号码是否可用。5分钟后，她给我回了电话，说让我再试一次，因为它有效。然后她给了我一个网站地址，让我查看道路重新开放的消息。我本来不想做这些的，但现在被拖入这么复杂的一切。我太累了。但是混合糖霜的蛋糕才刚刚开始发挥作用。

所以我上网了，查到3小时前我所在的道路刚刚开放。哦，我应该直接从游乐场过来。但我太累了，但实际上我只需要食物或糖，因为现在我感觉好多了，抓起钥匙，朝我的牧场走去。

我有一种奇怪的感觉，我要去见救援队，他们试图把我的三匹马救出来。在我能进去之前，他们也进不去。所以有什么用呢。

果然，在离我家一英里的地方，我与一辆一辆装有马的大拖车相遇。里面必须有我的马。那条路上没有别的马。它们一定是我的。

于是我在路边转弯，挡住了他们的去路，他停了下来，我跳了出来，跑到窗前，"那些是我的马！！"后来他们说他们以为我会赤脚从窗户进来。我从卡车上跳下来时，凉鞋掉了下来。

显然，他们是救援队而不是小偷。我平静下来，我们讨论了如何处理我的马。把它们带回我的牧场？一个人说不要那样做，去给他们免费的兽医护理，而且，这里的一切都烧毁了，真的很糟糕。我还想回到牧场吗？我说过我不会崩溃的，我想去看看。他主动提出和我一起穿过牧场。

然后，司机说他要把我的马送到雷利的牧场，我说，也许它们应该去集市和我的其他马在待在一起。即使一切真的烧光了，我也要搬到牧场去住很长一段时间，我可以在更远的集市上更好地照顾他们，但总的来说，都比在雷利的牧场更好。

乘客跳下车，说他要和我一起回牧场，让司机先走，把他们带到游乐场办理登记手续。雷利家的地方没有畜栏，所以可能很难保证他们的安全，因为他们是种马。

我们分道扬镳，当我们到达大门时，一切看起来都被烧毁了。我打开了锁，钥匙还在那里，锁没有融化。我们走到他说马站着的地方，我意识到我能看到门廊的一角。在绿树后面。我的房子还在那里！！

　　我们在院子里走来走去，我启动了发电机，给鸭子和鸡浇水喂食，它们仍然很好。另外两条狗不在这里，他说他们在拖车里，和马一起去避难所。现在看起来有点傻。这名乘客没有拖车司机的手机号码，无法给他打电话让他回来。于是我们回到路上，朝着我的公马们要去的游乐场走去。

交易场地

我在雷利斯牧场停了下来，让我的乘客下车，这样他就可以在那里等着他的司机卸下我的三匹公马回来。我们站了几分钟，然后我意识到我应该打电话给露天集市，看看发生了什么。果然，司机已经到达那里，并已经开始为我的三个儿子签到。司机想知道他的乘客在哪里。是的，他在这里。来吧，回来，我会去让我的马儿们安顿下来。说了再见，我向集市方向走去。当我到达那里时，他们把三匹种马放在我的母马对面。

实际上他们看起来很好。当我最终把它们都带回到牧场时，我仔细观察了一切。我敢肯定几天前有个叫"火天使"的人来这里给它们喂食喂水。所有的槽里都有干草屑和水。还有一些本不该出现在这里的东西。我就像侦探一样，试图观察所有的细节，以便弄清楚在我撤离这里、大火肆虐而过的 8 天里发生了什么。

这里有一个水桶，狗的食物罐倒了回来，盖好了。

后来我意识到那是一个迷你消防水龙带，放在吐司的水槽边。还有一条在屋前梅树的树荫下。我很确定这救了我的马的命。它甚至可能拯救了这所房子；房子旁边的柱子底部有几处小火堆在燃烧。房子和工作室没有被烧毁，这真是奇迹。周围都烧焦了。火势完全围绕着我的房子和动物群。我的谷仓和商店完全消失了，但为了让每一只动物都能生存下来，除了著名的猫彼得皮，这是一个小小的牺牲。

巴特卡**普**和我们一起撤离；她的纯白弟弟彼得皮在大火中丧生了。

火灾区再进入　第九天

　　我决定不出去遛我的母马，而是去拿我的马拖车回来，把它们带回家。如果你还记得 6 个小时前，我因精疲力竭而昏倒，不得不求助于主料生蛋糕面糊和巧克力糖霜。你就知道，这对我来说，真是无比漫长的一天。

　　事实证明，天黑前我有足够的时间做这一切。当我带着我从营救栏里救出的两只母马和两只黑白相间的狗回到牧场时，（它们见到我非常高兴！）天刚黑下来。我不需要抽水；水箱里还有足够的水，还有一些在山上的蓄水池里。

喂过狗后，我很高兴地躺在自己的床上过夜，真是个奇迹！我上网告诉我所有的朋友我在家没事。我没有时间发短信或打电话。我太累了，一天的大部分时间都没法打电话。触摸屏非常敏感，当我累了的时候，我就会把一切搞砸，感到非常沮丧，然后放弃。这样也更安全。

右边是我的谷仓，你可以看到左边的金属容器。

第二天，我醒来时心中燃起了一团火，要去接我的马们。我想让他们回家。菲泽还在踱步，敲打着墙壁、金属和电线。鲁比还在畜栏徘徊。他们被锁在夜间的隔间里，我不可能让他们在他们的大牧场里出去。我可以看到一直阻碍它们逃跑的灌木丛现在都消失了。我有一种明显的感觉，如果有机会的话，菲泽会再次逃跑。

天知道那些男人们在救援撤离时遇到了什么麻烦。不管他们说什么，那些人都不是马的专家。我告诉他们不要走进畜栏，也不要带他们四处走动。他们问我是否有日字链。我当然没有。如果你需要一个日字链，那么要么给种马阉割，要么接受一些训练（我的意思是这个人需要一些训练）

在去镇上的半路上，我有一个好主意。停在雷利斯的牧场，看看他们是否在重新安置马匹。也许与其使用我的小拖车来回运输两到三次，不如用更大的卡车和拖车将一次把所有的动物运输完毕，然后我只用跟车就可以了。哦，希望能如愿。

时间还早，一切都很安静，但有人在雷利斯家后面的牧场摆好桌子。我解释了我需要什么，他们去了一个很高的泥泞的地方。我很怀疑他们是否知道他们自己在做什么。他们几年前刚买下这个地方，并提供骑马服务。但他们没有任何畜栏，我怀疑我的马是否能忍受这种设施。但是他们有这个拖车钻机进出的继电器。雷利斯已经提供了一半的停车场用于工作。到处都是拖车。到处都是马。他们真的行动起来了。快。

他们把我带到那里，打电话询问是否有司机准备今天出发。他们带我去厨房，给我看食物和咖啡。我喝了一大杯加奶油的咖啡。还有糖。我今天什么都没吃。我在卡车后面工作，使用笔记本电脑、手机和平板电脑在线。

还行。他们又给迈克打了电话，那个昨天的家伙，他正在路上。所以我去了雷利斯，买了一个三明治，并使用了这些设施。我回到我的车上，当我丢失车钥匙时，我有一瞬间的惊慌失措。我半睡半醒，压力很大。它们在掀背车门的钥匙孔中。坐下来吃东西，笨蛋。我一边打入这个故事，一边啃着我的三明治。我一直在咬着我的内唇，这几天我太饿了，筋疲力尽了。一周。这是第九天。

我看见迈克开车经过，走进牧场。我关了店，走到那里，准备喝第二杯咖啡。

迈克向我打招呼。老实说，我都不记得他长什么样了。比起他的脸，我更能认出他的装备。太阳镜和帽子没有什么太大的帮助。他坐在一辆大卡车里，所以我看不见他。但他立刻认出了我。

我昨天冲进他的驾驶室车窗保护我的马，这可能已经深深烙印在他的脑海里了。也许会是永远的记忆。

我们都喝了杯咖啡，我为今天早上吵醒他道歉。他非常慷慨，说他很乐意帮忙。然后我们看到了弗雷德，他是昨天的乘客和助手。我们互相拥抱、互道早安。但我们会把弗雷德留在那里，直到我们带着我的动物们回来。当我拿到装备，跟着他和三匹马回到牧场时。

当他们意识到我们要去集市时，他们一时感到困惑。我猜他们说了些什么，我不明白他们怎么会为从 7.1 万英亩森林大火中营救动物而争吵。显然，在该县的动物控制部门进行清理前 10 小时，该牧场就已经开始疏散。她说他们告诉她"不需要"10 小时后进入紧急状态。谁会狼狈不堪？Ag 社区联合起来！把我的马弄出来！我不在乎他们去哪里，只要他们安全，你保留一些记录，这样我就能安全地把他们带回来。你觉得呢？

但这不是官僚机构的看法。他们不想让任何一个未经认证的人去接马。现在等一下。。。。。我想不惜一切代价把我的马带回来。他们需要认证？

不，他们没有。他们有动物主人的"许可"。就在我允许他们在集市上接我的马的时候，他们无权决定谁来接我的马。只有我才有权力。我理解他们需要和县政府做一大堆文书工作，但他们也试图告诉我要更好地训练我的马。他们打了我的马的脸，认为自己是英雄，然后在马匹不听话时发疯。"买一条更大的链条！"？？好吧，咆哮结束。

不管怎样，她打电话给游乐场。但我更想自己打电话，告诉她发生了什么。但我知道她想得到"许可"，这样他们才会承认。大约一个小时后，我给游乐场打了电话，那个女局长其实很局促不安。她知道自己被打败了。那个牧场主把她的鸡放在一起，用黄铜球来支持它。

我们带着咖啡开车走了。我把我的锁上了；他开车回来的路上还剩下一些。我的动物们棒极了。他们被锁在畜栏里；上下两扇门。可怜的受惊的婴儿们，他们之前都没在畜栏里待过。当我们把他们弄出来时，他们都白了眼睛，满头大汗。他们跳到拖车里。一起。是时候离开这里了！

果不其然，他们搞混了：他们认为戈尔迪是一头阉马，吐司是一头种马。很明显，红色是一匹种马，甚至是三匹中最可爱的，因为他的睾丸挂在他的屁股上。像两个石榴。

土司有着白眼的刻薄表情。但其实完全无害。除非你在喂了他之后马上跟在他后面。我丈夫说他是"一千个疯子的后代"。我告诉司机迈克，可能是这样，但几年后在 Tevis 上找他。他看起来可能不像很多马，但那里有很多马。他笑了。

我们转过身来，我把钻机开动，迈克牵着弗雷德，我跟在后面。

开车把马带上那座山大约需要两个小时的车程。我真的很努力不四处张望。

现在的风景真令人不安。有太多的地标被烧毁了。树、房子、谷仓。但我可以看到干净的拖车坐在那里，奶牛躺在拖车后面，吃着新鲜的干草。人们开始重建新家。这里暂时没有绿色或食物，但是将来会有。灰烬使地面肥沃，雨水将带来大量生长。

在离家半英里的地方，我们过不去了。电力公司正在安装新的电线杆。我们停下来，我的英雄迈克去和他们交涉。他们让他切断铁丝网，这样我们就可以通过了。我们会卸下货物，用巨大的 PG&E 卡车把三匹马带到我的牧场。我们三个和三匹公马。迈克切断带刺的铁丝网后，我把空钻机停在一边，帮他们卸货，这样我们就可以通过了。PG&E 说他们还有 4 个小时的工作要做，然后我必须回来拿我的卡车和拖车。

那两个人是我的英雄。他们做了超出了职责范围的工作，把我和那些蠢货安全带回家。在田纳西州遛马就像牵着一列货运火车，尤其是这些公马。他们把那些可怜的家伙拖到了路上，戈尔迪并没有无缘无故地减速。他们一直叫我等着。我学会了和他们一起慢跑。他们的速度和人类的慢跑速度差不多。但你必须正确地拉住它们，防止它们转圈。我打赌他们现在觉得那些链子不错。即使在天气好的时候，遛马也是一项不断发展的技巧。

但我们成功了，把他们安置在不同的畜栏里。那些牛仔天使很快和我告别，然后走回他们的卡车，我敢肯定，他们会回来帮助更多的人。

我回家了。所有的马和狗都在家。而巴特卡普这只猫正在树上打猎，房子周围是一圈又一圈的树，在一片被烧焦的黑色海洋中，有一个小小的生命穹顶。这棵古老的枫树上的松鼠嘴里拎着东西，爬到它们的巢穴所在的地方。它们能认出秋天，然后冬天就要来了。我想知道它们现在是否能分辨出它们的世界直径约为 1/10 英里。因为这就是在这里幸存下来的一切。整个地方都被烧毁的成熟森林所包围。

完全。

纯粹出于病态的好奇心，我带着狗在我的房子里走来走去。除了黑色的树桩外，在某种成都上，这里的景观就像月球表面。有奇怪的树形，以一种奇怪的方式美丽着。我能看到这片土地，就像我从木见过的那样。邻居们都比我想象的要近。我可以看到在这条线的上方有一个白色的绿巨人，那是一座被烧毁的房子。在那里，一个邻居在周四我们离开之前就死了。每个人都筋疲力尽了，除了我和另一个脱离电网的人。我们都觉得有点内疚。在城里，我们小心翼翼地避免过多地吹嘘自己没有像许多其他人那样完全被烧毁。只是愚蠢的运气。或。我们都是乡下人，我们在房子周围清理得很开阔。很多城市居民都搬了上去，他们喜欢房子周围的树木和灌木丛，很漂亮。

我想知道。

或者这是完全是虚假的？

还是那些松脆潮湿的地方，一些消防员每天早上来，浇灌地面，喂养和浇灌摩根弧上的所有这些动物？有福了，如果是这样的话。

然而，走来走去，似乎火有自己的思想，并决定了它想要消耗什么。 一些非常漂亮的房子被烧毁了。这个小流浪汉洞幸免于难。事实上，马拖车的人并不认为这是房子。他们认为完全烧毁的谷仓就是房子。这个挂在门外的小棚子不可能是房子。太杂乱了。太丑了，不能烧。我猜火也是这么想的。它对我很好。

昨晚我启动发电机时，我看到有动静，往下看，发现电线下面有一只灰色的小猫。我哄她到哈特的笼子里，给了她一些食物和水。我认为她的爪子被烧掉了。我觉得有必要拯救她，让她恢复健康。这感觉就像是彼得皮的交易。

这是我回家后在发电机下发现的那只小猫。

这就是我在照顾她恢复健康后找到的小猫。她没有脚趾就痊愈了；我给她取名为余烬。

这在下一本书《火灾后：在巴特火中生存》中有所体现

我昨晚在这里睡觉，这是火灾后的首次。很高兴能在自己的床上。这所房子是一场灾难；我们匆匆离开，5分钟内就把东西倒出来收拾好。太乱了，我们像是被抢劫了一样。不。其实这里一直都是这样乱。

我相信有记录显示房子被烧毁了。看起来就像是谷仓。只是一堆灰烬、金属屋顶和一些奇怪的鬼影。

没关系。我想知道在这场火灾中犯了多少次这样的错误。这附近的住宅和外屋很难区分。对。甚至在它们燃烧之前。

我是开玩笑的，但我们无法控制。在这一周里，我尽了很大的努力，不知道如何放手，不去想象。或者希望。等等。专注于照顾动物。我有点忽略了自己。自从生病和手术以来，我已经减掉了那讨厌的最后 5 磅。

这个县一团糟。现在有那么多人无家可归。这真是一场悲剧。我很幸运。有人会说我有一个守护天使守护着我的小弧线。我很高兴动物们回到了我的小牧场，即使我们完全被一片漆黑的森林包围。我需要一直待在马匹所在的地方。因为没有他们，这就不是家。我意识到，我的家就是马的所在地。

和我的狗坐在门廊上，无声的与苍蝇搏斗。我什么也没听到。我觉得这不是我的耳朵。我想没有交通堵塞。没有电视，没有收音机。没有电。然而。。。

我最近在我的避难所里注意到了这种嗡嗡声和咆哮声。火灾后的世界末日已经过去了。这又是荒野。我会尽我所能享受安静。

在所有人重新开始盖房子之前。

灌木又开始长得很高。几棵树会长回来的。

松鼠对从下肢观察的猫大惊小怪。我看着一只鸟飞

过，落在水槽的边缘，蘸着水喝水。没事的。它会回来
的。

动物和人类。

这是我照顾她恢复健康并给她取名为余烬后的小猫。

NM Reed & Whitney Lee Preston 是许多书籍的合著者，Stevenspressllc.com 网站的制作人。他们也是彼此的生活伴侣。他们住在山上的一个小牧场上，里面有很多动物和书籍。

来自中央司令部的新命令：
盗贼队长 1：贝尔罗芬和水晶球
盗贼队长 2：营救银河女皇
盗贼队长 3：绿人惊魂
星际飞船亡魂号
梅芙的橡树林：手铐，神奇的眼泪
精灵和巨魔历险记
精灵与巨魔传奇：破烂的独角兽
令人担忧的巫师战争
巫师决斗转入地下
最小的郊狼
玻璃星球 1：星际人
玻璃星球 2：恶魔之子
玻璃星球 3：启示录
历史上的爱情故事
家就是马所在的地方：在 2015 杰克逊巴特大火中幸存下来
火灾之后：比尤特大火重新人口 - 普利策提名
风在我的鬃毛 1 和 2：越野骑马故事
Stevenspressllc.com